鷗

西村麒麟

港の人

目次

「麒麟」以前

へうたんに紐色々や花の春

獅子舞の後ろ足より大男

初雀豆の如きが転がり来

浅草に風の吹く日や木偶回し

破魔弓を筒に戻してそれつきり

手毬唄影が濃くなり薄くなり

投扇興金箔入りの酒を飲み

花びら餅雪の旅また花の旅

信楽の狸の向きを変へて春

紅梅や真つ暗な夜に手をかざし

初蛙もう見付かつてしまひしか

手で顔を触り蛙でありしこと

貝寄風や一文字も無き石が墓

照明の暗きが優し春の家

鬼小さく鬼美しき春野かな

鶴引くや今年も一人二人連れ

四十雀大きな鳥が来ては逃げ

雛市を恥づかしさうに歩く人

いつまでも二人きりなる豆雛

古雛や涙の如く目が光り

わらび売ざつと袋に入れ呉れし

春の蟻お尻がふつと浮き上がり

湯に映る百の椿や箱根山

大量の朧ざぶんと湯が溢れ

母死にて朧が四方八方に

亡き母のおでこが冷た春の風

母を焼く九十分よ春の鳥

火葬場は春風の吹く丘の上

春風やほくほくとこれ母の骨

涅槃図の母も輝く一人かな

涅槃像少しづつ目が開いてゆき

平成は静かに貧し涅槃雪

ひつそりと我を見てゐる椿かな

汚れてはをらねど掃除彼岸寺

鶯の見付からぬこと面白く

甘茶仏膝より長き腕を垂れ

タクシーが盆地を跳ぶや桃の花

桜餅そのまま昼の酒となり

蜂の雄ほのかに白く働かず

リラの花君の見事な遅刻癖

早朝の大きな月や遍路笠

やどかりの小さき顔が脚の中

靴の上に置く靴下や磯遊び

味噌醬油海女の営む何でも屋

壺焼や醬油の色の泡を吹き

海胆の棘海を探してゐるらしく

サッフォーの巻き毛に夏の来たりけり

風薫る古代ローマの服が欲し

白薔薇を見て思ひ出す男あり

きらら虫呉茂一の訳に酔ひ

フルートを吹きつつ海を涼しくす

この国で最も涼し土佐の月

しんしんと地球に朝や夏木立

烏瓜兆しの如く咲きにけり

四十個輝いてゐるさくらんぼ

夏蝶や光より逃げ手より逃げ

黒々と職員室のバナナかな

友達の家に大きな甲虫

花咲いてみなアカシヤか千曲川

帰り来てまづアカシヤの花のこと

糸取の歌を知りしも鍋のみか

ぼうふらの世界にあまた誕生日

その辺にどかと座るや夏祭

子ども等の引っ張る金魚神輿かな

後列の頑張つてゐる燕の子

適当に走り回つてゐる蟻も

豆飯やざこ寝の友を呼び集め

武蔵野を余さず雨や桜桃忌

息を止め見事な黴を覗きをり

虫干の竿すいすいと使ひけり

虫干や聞けば教へてくれし事

安珍の最期を覗く土用干

陶枕の耳の辺りが少し反り

風呂を出てそのまま摑む団扇あり

柄の硬き鯨まつりの団扇かな

日本を出て行きさうなヨットの帆

香水や我に冷たく美しく

川蟹をばちんばちんと切る鋏

五十鈴川駅よりすでに玉の汗

籐椅子に座りて白き虚子の手よ

遺りたる強心剤や夏の月

どうしても何匹か死ぬ金魚かな

金魚死ぬたびに心の凍りけり

大阪の眩しき朝や夾竹桃

あかあかと天満宮の団扇あり

箱寿司の蓋を両手で押すところ

箱寿司は箱の中より出たがらず

天を打ち地を打ち天満祭かな

赤を着てよき秀吉や船祭

一撃で仏や髑髏の目が綺麗

波飛ばしどんどこ舟の来たりけり
エンジンの如く太鼓やどんどこ舟
秋風やどんどこ舟は今どこに

我が腕の冷たき秋の昼寝かな

酒足りてゐるか新米まだあるか

踊手や踊へ入る合図して

迷子の子迷子のままに踊りけり

子は帰り念仏踊大人の部

踊うた祇王哀しく美しく

月の秋出来立ての句を受話器より

足もとに山鳩のゐる良夜かな

遠慮なく桔梗の庭に降りて来し

桔梗や死後百年はその辺に

露の玉我と遊んでゐる如く

露の玉颯と拭かれてしまひけり

香りたる新酒は木曾か七笑

修善寺や秋の蛙を目で追ひて

木の実落つ何かが嫌で一斉に

西へ逃げ菊人形となりにけり

太刀魚の七八本の立泳ぎ

虫売の荷が上下して来たりけり

虫売の細字すずむしくさひばり

虫売の使ふきりぎりすの言葉

竈馬静かに母を覗きをり

皇帝に大きな印や雁渡し

風吹いて馬糞の匂ふ梨の町

揺れに揺れ糸瓜に羽化のある如く

十月の花を惜しむや玩亭忌

猪の大きく曲がり再び来

茸籠高原に咲く花も入れ

歩きつつ人物評や曼珠沙華

インバネス死後も時々浅草へ

綿虫やぼろぼろなれど美味き店

すき焼の大きな肉をずるずると

展宏忌冬の桜の声を聞け

梟や誰かの恋がどろりとす

寝釈迦山冬眠前の蛇走る

下駄塚に大きな下駄や冬の山

淡々と金の話や懐手

青年よ牡蠣を食べては何か書き

鮟鱇や時折動く我が心

おでん屋のかたかた揺るる椅子の上

日と月と描きし椀やふぐと汁

鰭酒の鰭が喜ぶほどの酒

スケートの下手で歩くや父と母

足一寸上げて子どものスケーター

鯛焼をかたかた焼いて忙しき

うつとりと見る横浜や年忘れ

魂を吸はせてみたき金屛風

水鳥の影美しき三島かな

冬紅葉風に吹かれてゐる姉よ

宇津田姫鷗の中をすたすたと
目をつむり全ての鴨を感じをり
鳰脚を揃へて沈みけり

かいつむり人が見てゐること忘れ

鳰泳ぐ鳰より別れ来し如く

萩枯れてほのかな緑ほのかな黄

冬惜しむ如くに雪や小名木川

砂島橋これも雪見といふべきか

ぱつぱつと蟹食べてゐる千鳥かな

電話ありクリスマスにも少し触れ

煤掃や仏をそつと握りしめ

熱燗の走る目の奥鼻の奥

蓬萊の真正面を日が上り

宝船こちらを向いてゐる如く

書初や我より大き紙の中

業平に弓と矢のある歌留多かな

読初の山の日の句に印あり

初笑ひ子どもが本にかぶり付き

双六や一人で遊び直す子も

ナベサンに残るボトルや小正月

東京の氷柱狸の牙ほどか

湯ざめして空気の多き箱根かな

大寒やどさりどさりと紙の音

梟の荒き食事が夜の中

海風が山に響くや寒椿

夜に言ふ山の深さや鬼やらひ

鬼強き世の懐かしき追儺かな

冬空を見ながら作る竹箒

花探す如くに選や春の人

朝来たる春の鳥こそ龍太の忌

春風や鰻のたれも龍太製

走つても走つても坂花辛夷

山鳥はくるりと山へ帰りけり

苗木市雪平鍋や笊も売り

雛彫るや最後にふつと息をかけ

太陽の如くにごろん涅槃像

涅槃図に一筆書きの弟子あまた

踏めば散る草のまはりの朧かな

鯉こくは骨又骨や春の月

口開けて苦しさうなる子持鯊

草餅や眠たき時の涙が出

晩春の甘さ松露の玉子焼

あさり飯売るや頭にタオル巻き

種袋大収穫と書いてあり

鶯や偏屈な父東京へ

白椿どんどん暗きところへと

風船やどの死も遠く思ひしが

なかなかの雨女なり藤の花

櫛一つ譲り受けたり花の旅

花冷の黒々と夜や吉野山

花疲れ言語が遠く聞こえけり

初蝶やアリゾナの無き浅草へ

荷風忌の音立てて切るメンチカツ

ゆく春の光重たし水ぐるま

葉桜の豊かな影やとんかつ屋

広がりて桜若葉の影薄く

朝市やこれは大きな柏餅

杜若静かな波を通しけり

古書店にある一畳や糸柳

祭笛大泣きの子が歩きをり

天ぷらの穴子を切つてゐる音か

ざつと降る雨の中なる山女かな

紫陽花の一万株を抜けて海

鎌倉や筍に触れ門に触れ

キッチンにある筍の大頭

踏台を抱へて来たり安居僧

猫を追ふ父を見てゐる端居かな

滝飛んで仏足石を濡らしけり

草いきれこんなところで本を売り

穀象をほのかに好む心あり

首縮め鷺の巣に鷺ゐたりけり

袋角頭を縦に横に振り

蝸牛顎を浮かせて曲がりけり

五月雨を乗り継ぎ東向島

夕風や寺島茄子に花が咲き

青涼し紫涼し栞紐

形代の一つそはそはしてをりぬ

形代に確かな襟のありにけり

蔓ものの大わがままや夏の月

夏草の草豊かなる秋田かな

べつたりと柱に夜や鮎の宿

滝の上に神様がゐて弾みをり

芝刈機少年の手にぎらぎらと

箱庭を子どもの希望通りにす

よたよたとみんな大人や夏の家

青山椒一粒嚙みにキッチンへ

古浴衣つるやつるやと書いてあり

あれほどの大きな蛇を見失ひ

太閤の小さき顔やお風入れ

金魚売片手でいつも日を隠し

成田山暑し輪切りの鯉を売り

蟹が蟹素早く踏んで行きにけり

風鈴や市川と呼び真間と呼び

扇風機上天井を待つてをり

遊船の出発黒き煙が出

聞こえざる大きな音や雲の峰

水着の子そのまま野球始めけり

着崩れていよいよ楽し沖膾

草を踏み苔を踏み秋近きかな

秋澄むや古き聖書の絵の如く

秋楽しその彫刻は鳥らしく

鉛筆で描く白萩も紅萩も

秋の島飯食ふ店が見えて来し

部屋の名に鮑や鯛や秋の宿

鯛やこつりこつりと木を上り

また鳴りて今度は遠しばつたんこ

鰡が跳ね東京の川らしくなり

鯊釣のバケツ避けつつ歩くなり

虫聴きの会や子どもの影が伸び

虫売やすぐ死ぬ虫の説明も

竈馬なかなか人に生まれ来ず

秋の山電話の音がよく響き

地芝居の吉良がどたどた粘りをり

焼鳥を焼くや回すや秋の雨

葛の花老人として泣く父よ

放屁虫後ろの足をひよいと上げ

鳥渡る神戸より絵を持ち帰り

天高し正岡子規の机より

鶉二羽机の上と下を行き

眩しとは言へねど月や駅の上

菊の酒遠くの席へ目を合はせ

菊枕真つ白な夢見てみたし

露の玉風に怒つてゐる如く

秋風や文字の小さき小津日記

苦瓜のまだまだ子ども風に揺れ

美味さうに息してゐるや秋の酒

瓢棚次から次に休みに来

黄落や我に居場所のある如く

水枕秋のかもめを夢で追ひ

「麒麟」以降

寿福寺に一番乗りや初鳥

虚子の字の膨らんでゐる淑気かな

蓬莱や江ノ島丼はいつもここ

耳よりも高きところへ木偶回し

ちょろぎ食ふ音存外に響きけり

上を向きよき人麻呂や歌がるた

初鏡一句欲してゐたりけり

紅梅や弁天島に舟が着き

あの青きへうたん島も梅見頃

春の風邪心臓を撫で肺を撫で

鼻大き壁画の僧や春の山

春火鉢夜より黒き牡丹の絵

雛飾る何かを思ひ出すやうに

古雛に鋭き口や夜の海

雛壇の鏡の中へ大きな目

金の山銀の霞や雛屏風

雛納め笛をするりと抜いてやり

草木にも春の香りや井月忌

こでまりの花の数ほど旅をして

踏まれたる垂れ目の邪鬼や春の月

野遊びのどの子も我を見てをらず

鶴引くや命鋭く磨き上げ

眠らうとしてゐるやうな草の餅

渦を巻き雲豊かなる寝釈迦かな

涅槃図の一人どさりと倒れけり

蜆売蜆を飼つてゐる如く

白椿あなたあなたと話しかけ

落椿夜を全く意識せず

菜の花や内へ外へと揺れ続け

人の世に四十九日や春の蝶

滝音を聞きつつ滝へ春日傘

花馬酔木滝の方より風が吹き

花の旅小さき鮨の甘きこと

花守と思ふ二十歳を少し過ぎ

滝桜いつもどこかに風を受け

花の寺糸目の姫を襖絵に

桜菓子愚痴の日記に筆が乗り

それぞれに少し孤独や花の酒

花見客墓の方より来たりけり

花屑を右へ左へ掃く遊び

ゆく春や吉野の雨を顔で受け

藤まつりこのひと風に目をつむり

遅き日の物語絵に走る人

全身で漕ぐ自転車や島の夏

夏シャツの嬉しさうなる影を連れ

菖蒲園こんな地図でも辿り着き

花菖蒲水より影が少し浮き

杜若記憶を浅き水へ捨て

葉桜やもう旅人の顔付きに

巣立鳥波が大きく伸びて立ち

星涼し愛しき犬を眠らせて

石の道暗く涼しく続きをり

柏餅すぐに寂しくなる君へ

釣忍輝きながら草の垂れ

花みかん父細くなり弱くなり

花茣蓙の花の小さき実家かな

夏祭うつらうつらとしてゐる子

祭鉦夜風が赤き紐に触れ

祭笛瞳がすつと動きけり

灯涼し夜と名付けてベタを飼ひ

紅苺今宵も人を祝ふべく

初鰹声が大きく高くなり

鳰の子のすぐに浮かんでしまふ顔

翡翠の頭の位置が定まらず

信長忌夏の瓦を雨が打ち

京の蟻頭の長く足速く

蝿叩松の間を抜け鶴の間へ

蝿叩二本を巧く使ひ分け

熱帯魚どの名で呼べど気に召さず

花柘榴何度も同じ道で会ひ

青梅や言葉が雨に薄れつつ

なめくぢの雨を嫌がりつつ雨へ

夏蝶や再び雨の中を抜け

梅雨深し病が肺を泳ぎをり

梅雨の蝶光が強く雲を割り

船宿にあまたの皿や梅雨の月

旅浴衣そのまま船の絵を仕上げ

夏燕簗地を低く高く飛び

飛魚は飛びつつこんな大きな目

紫陽花やいきいき病んでゐたる人

螢火の闇を毆つてゐる如く

螢籠夜をたつぷり吸ひ始め

夏祓人数分の寿司を手に

夕立に気付きつつ食ふ光りもの

まだ川の見える暗さや鱧の皮

鰻屋でさつと描きし妻の顔

虫干の何の祭か分からぬ絵

蛾が浮いてをりぼうふらの跳ねてをり

石へ木へ鎌倉の蟻走りけり

茅の輪より舞殿が見え空が見え

筍寺どの天人も手に楽器

掛香や月を褒めつつ石を愛で

風鈴売大きく向きを変へて見せ

汚くて価値ある碗や夏の寺

夕長し腹の凹んでゐたる花器

遊船のまづはひたすら食ふ時間

遊船の一人が泣いてしまひけり

青葡萄この集まりはいつも雨

起し絵を起し誰とも話さぬ日

起し絵の白徳利が一つ欲し

枇杷の実を回しつつすぐ食べ終り

肺炎の日々朝涼し夕涼し

仕事せぬその目その口昼寝人

欠けに欠け鋭き羽や扇風機

はんざきの秋だと知つてゐたる顔

秋団扇窓から見える海を褒め

枝豆やあつといふ間に馴染む人

青ふくべ何も無けれどよき島へ

たこ飯にたつぷり蛸や島の秋

秋の島蟹を避けつつ花を買ひ

のんびりと片手の上がる踊かな

蜻蛉や時折カフェとなる家に

星月夜子規の手を取り背をさすり

へうたんや人に夜まで仕事あり

龍田姫ひと雨呼んで遊びけり

とぼとぼと人間界や迎鐘

蚯蚓鳴く親鸞像へ顔を寄せ

秋の海秋の空あり震災忌

震災忌鉄橋に秋来たりけり

山の月土の匂ひのする宿に

針山に針豊かなる良夜かな

栗きんとん人の家でもすぐ寝る子

露の玉露を吸ひつつ走りけり

露の玉伸びつつ耐へてゐたりけり

菊白し厳しきことを少し言ひ

桃すする片方の手に小さき刃

洋梨や夜がどんどんこの部屋に

曼珠沙華大きな足が草を踏み

放屁虫まさか怒つてゐたるとは

台舟を右へ左へ松手入

松手入顔を斜めにして止まり

日に遊び月に遊ぶや鶉籠

秋昼寝二百の島へ風が吹き

みちのくをゆらりゆらりと後の月

秋の雲三頭身のよき仏

茸山犬が守つてゐたりけり

ゆく秋の大きな蝶の呼吸音

阿闍梨餅冬の初めの風が目に

七五三そのまま水の湧く池へ

横顔の如くに墓や波郷の忌

冬の墓石田の石の字が深く

綿虫や木を避け人の鼻を避け

綿虫が必ず消えてしまふ道

鯛焼や大股で行く日本橋

かまど猫こちらを向いて口を開け

冬の旅大のり弁を席で見せ

木を愛し草を愛すや冬の蝶

石蕗の花目立つところが又も欠け

冬かもめ一つの島が日を集め

目に入る冬木を数へ湖西線

冬の日や鳥の個性が見ゆるまで

水鳥の八万羽ほどゐて寂し

水鳥やもの書くための手を頬へ

にほどりの影より速く潜りけり

動かせばこぼるるほどの葱うどん

店名に泥の一字やおでん煮え

おでん酒俯きながら少し褒め

すき焼や静かに笑ふ先生と

遅れ来てまづ牛鍋を覗く人

牡蠣フライ言葉がふつと軽くなり

鎌鼬火の用心の旗が揺れ

湯豆腐や結局許し合ふことに

湖に寺一つある冬木かな

綿虫の吹き飛んで行く浮御堂

熊手買ふ今年は青き松を足し

顎を上げ蟻の見てゐる竜の玉

へうたんやあちこち凹みながら枯れ

暦売る顔を全く上げぬまま

賀状書く海老の如きが辰らしく

初風の磨き上げたる鶴ヶ城

初泣や地面を叩き枝を投げ

木偶回し鮪の如き鯛を抱き

猿曳や猿の背中をそつと押し

手毬つく客へ頭を少し下げ

一軒はとろの宿や絵双六

しつかりと筑波山ある淑気かな

寒鰤や君に飲ませてみたき酒

寒の水確かな夜が見え始め

寒卵記憶の如く光りをり

向うにも寒鮒釣の顔があり

その心その身に雪や実朝忌

目の前の冬蝶描かず人描かず

待春や小動物を墨で生み

春かもめ一句光つて来たりけり

春障子船の近寄るたびに開け

光悦に大きな耳や梅の花

佐保姫の触つて行きし猫の顎

木彫雛毎年ここへ日の当たり

雛納め松の飾りへ息をかけ

鉄橋の向うに友や初燕

春コート試験を一つ二つ終へ

亀戸の亀の鳴き継ぐ日曜日

島行きのバス一杯に卒業生

きらきらと短き夢や春の風邪

春愁の吹き飛んで行くカレーあれ

涅槃図に海より青き夜空あり

太秦の道混んでゐる彼岸かな

蛙鳴く夜の明るさに怒りつつ

落椿転がるたびに少し欠け

椿餅欲して山の方より来

都をどり雲の明るくなりにけり

甘茶仏今度は後ろからもかけ

つちふるやルバイヤートに果実の絵

菜の花と遊べ大きく顔を入れ

花の宿風が二階へ三階へ

腰痛の若先生へ花の酒

代詠の花の一句を貸してやり

懐かしき昼の暗さや花見舟

花見舟君達となら須磨にまで

あとがき

句集『鷗』は『鶉』『鴨』に続く第三句集です。
結社「麒麟」を立ち上げる前後で句を分けました。「麒麟」の人達には前半の句が、友人達には後半の句がどのように見えるかが楽しみです。
支えて下さっている多くの方、俳句という厄介で最高の友人に感謝しながらこの命を精一杯使っていきたい。
新装版『鶉』に引き続き、今回も港の人の上野勇治さんにお世話になりました。感謝申し上げます。

令和六年五月八日　砂町にて

西村麒麟　にしむら・きりん

一九八三年大阪府生まれ。現在、東京都江東区在住。
俳句結社「麒麟」主宰、「古志」同人。
句集に『鴗』（二〇一三年）、『鴨』（二〇一七年）、『鴗　新装版』（二〇二三年）。
二〇〇九年、「静かな朝」二十句により第一回石田波郷新人賞。
二〇一四年、第四回芝不器男俳句新人賞大石悦子奨励賞。
同年、『鴗』により第五回田中裕明賞。
二〇一六年、「思ひ出帳」百五十句により第七回北斗賞。
二〇一九年、「玉虫」五十句により第六十五回角川俳句賞。
二〇二三年、結社「麒麟」創刊。

麒麟俳句会ホームページ
https://kirinhaikukai.com/
麒麟俳句会メールアドレス
kirin.haikukai.2023@gmail.com

鷗

二〇二四年七月十七日初版第一刷発行

著者　西村麒麟
装幀　関宙明　ミスター・ユニバース
発行者　上野勇治
発行　港の人
神奈川県鎌倉市由比ガ浜三―一一―四九
〒二四八―〇〇一四
電話〇四六七―六〇―一三七四
ファックス〇四六七―六〇―一三七五
www.minatonohito.jp
印刷製本　創栄図書印刷
ISBN978-4-89629-444-6 C0092